# *Café, Complots et Cappuccino*

*Stéphane Bach*

# Chapitres:

# Chapitre 1 : L'Art dans le Latte

À Maple Cove, même l'aurore semblait prendre son temps. Les premiers rayons du soleil glissaient paresseusement entre les feuilles des érables, dispersant des éclats dorés sur les façades des boutiques qui s'éveillaient doucement. Sur la Grand-Rue, où les pavés ancestraux murmuraient sous les pas des passants, le monde avait une texture de bon vieux temps, comme si les horloges y trottaient d'un tic-tac plus mélodieux.

C'était une ville où chaque visage vous souriait, chaque chien remuait amicalement la queue à votre approche, et où les potins, doux comme du sirop d'érable, coulaient de source en source jusqu'à ce que toute la ville soit au courant du moindre petit événement.

Au cœur de cette toile tissée de familiarité et de chaleur humaine se trouvait "The Steaming Cup", un café aussi emblématique de Maple Cove que l'étaient ses érables. Derrière le comptoir, Alex Hart, le barista étoile de la ville, versait, tournait et décorait des lattes avec un art digne d'un maestro. Chaque tasse était une promesse de réconfort, et chaque gorgée, une note dans la symphonie matinale des habitués.

Mais ce n'était pas seulement pour le café que les gens venaient. Non, c'était pour Alex. Il avait ce don, cette perspicacité psychologique, qui lui permettait de détecter un mensonge aussi aisément qu'il distinguait un arabica d'un robusta. Les gens s'ouvraient à lui, lui confiant leurs petits tracas et leurs grands secrets, sûrs d'être écoutés et conseillés avec sagesse.

Ce matin-là, alors que les habitués défilaient pour leur dose de caféine et de compassion, Alex sentit que quelque chose clochait. La ville, habituellement si enjouée, était comme frappée d'une étrange fièvre. C'est alors que Mme Henderson, la vieille dame qui tenait la librairie d'occasion au coin de la rue, s'approcha du comptoir avec une expression plus serrée qu'un bocal de cornichons.

"Alex, mon garçon, avez-vous entendu?" dit-elle, sa voix tremblante trahissant une inquiétude rare. "Le bijoutier, ce pauvre M. Dubois, a été cambriolé cette nuit!"

Les mots flottèrent un moment dans l'air chaud du café, accompagnés par le sifflement de la machine à expresso.

"Volé? M. Dubois?" s'exclama Alex, ses yeux bleus s'écarquillant derrière les volutes de vapeur. "Mais qui oserait?"

Mme Henderson haussa les épaules, ses boucles blanches frémissant comme les pages d'un livre au vent. "C'est là toute la question, mon garçon. Qui aurait le cœur de s'attaquer à un homme aussi doux et respecté?"

La nouvelle se répandit avec la rapidité d'une goutte de lait dans un Americano. Chaque client apportait son lot de réactions : certains affichaient une incrédulité teintée d'humour, d'autres, une compassion teintée d'angoisse. La ville tout entière semblait se serrer les coudes, prête à défendre son havre de paix contre ce vent de chaos.

Alex, pendant ce temps, observait. Il notait le moindre froncement de sourcil, la moindre hésitation, le moindre geste déplacé. Il n'était pas seulement le barista de Maple Cove. Non, en ces moments de trouble, il devenait les yeux et les oreilles de la ville, récoltant les indices comme il récoltait les grains de café.

Le shérif Miller, un homme bâti comme un ours mais avec l'âme d'un agneau, fit alors son entrée dans le café, son étoile scintillant sur sa poitrine comme un phare dans la brume matinale. La salle se tut, les cuillères cessèrent de cliqueter contre la porcelaine, et tous les regards se tournèrent vers lui.

"Bonjour à tous," commença-t-il, sa voix évoquant la gravité d'une annonce officielle. "Comme beaucoup d'entre vous le savent déjà, notre bijoutier, M. Dubois, a été victime d'un cambriolage cette nuit. Nous prenons cette affaire très au sérieux. Je vous demande à tous d'être vigilants et de rapporter tout comportement suspect."

Les habitants de Maple Cove hochèrent la tête, l'expression grave. Alex, avec son penchant pour le détail, nota le souffle retenu de la ville tout entière. C'était comme si une toile parfaitement tissée avait soudainement révélé un fil tiré, un petit défaut capable de tout défaire.

Sheriff Miller se tourna vers Alex. "Je sais que tu entends et vois beaucoup ici, Alex. Si tu entends parler de quoi que ce soit..."

Alex hocha la tête avec sérieux. "Bien sûr, Shérif. Vous serez le premier informé."

Le reste de la journée se déroula dans un mélange de routine et de réflexion. Les clients continuaient à entrer, commandant leurs lattes et cappuccinos, mais leurs conversations habituellement légères étaient maintenant saupoudrées d'hypothèses et de conjectures sur le cambriolage. Alex servait, écoutait et observait, ses pensées vagabondant au-delà de la mousse de lait.

La journée touchait à sa fin lorsque M. Dubois lui-même, un homme élancé au visage aussi ciselé que les bijoux qu'il vendait, entra dans le café. Ses yeux, normalement pétillants comme des diamants, étaient ternis par la fatigue et le chagrin.

"Un espresso, Alex, s'il te plaît," demanda-t-il d'une voix éraillée.

Alex prépara la boisson avec un soin particulier, puis, posant la tasse devant M. Dubois, il ne put s'empêcher de demander : "Comment vous sentez-vous, M. Dubois?"

Le bijoutier soupira, ses doigts fins caressant le rebord de la tasse. "Je suis... abasourdi, Alex. Je n'arrive pas à croire qu'une telle chose puisse arriver ici, à Maple Cove."

Alex pencha la tête, son regard aussi affûté que bienveillant. "On va retrouver ce qui vous a été pris, je vous le promets."

M. Dubois offrit un faible sourire. "Si quelqu'un peut trouver un indice dans cette tasse de café, c'est bien toi, Alex."

Riant doucement, Alex reprit sa place derrière le comptoir, mais son esprit travaillait déjà. En versant, en touillant, en écoutant, il savait que quelque part, entre les mots et les silences, se trouvait la clé du mystère qui avait ébranlé la tranquillité de Maple Cove.

Alors que la nuit tombait et que "The Steaming Cup" fermait ses portes, laissant derrière elle une ville en proie à des questions sans réponse, Alex sentait que le cambriolage chez M. Dubois n'était que le début d'une affaire beaucoup plus complexe. Et quelque part, dans le tissu serré de Maple Cove, il était déterminé à trouver le fil qui, une fois tiré, déroulerait toute l'écheveau de cette énigme.

La journée avait commencé par une tasse de café et s'achevait par un mystère. Pour Alex Hart, il était temps de laisser le barista derrière pour embrasser le rôle de détective amateur, guidé par son intuition et son esprit d'analyse aiguisé.

Maple Cove dormait désormais sous le voile de la nuit, ignorant que les heures à venir seraient cruciales pour dévoiler les secrets bien gardés derrière ses façades conviviales.

## Chapitre 2 : Des Gemmes et des Secrets

Le lendemain matin, Maple Cove s'éveilla avec la même lenteur qu'une vieille horloge qui prend son temps pour sonner l'heure. Cependant, il y avait une note discordante dans l'air, un murmure qui courait le long des trottoirs pavés et qui faisait vibrer les vitrines des magasins d'une tension palpable.

Dans la cuisine du "The Steaming Cup", Alex était déjà en train de préparer son armure de barista : un tablier propre, une pile de tasses étincelantes et un nouveau sac de grains de café prêt à être moulus. Mais ce matin, il y avait plus que du café dans ses préparatifs. Chaque mouvement qu'il faisait était calculé, chaque regard jeté à la porte d'entrée était chargé d'anticipation. Il s'apprêtait à lancer sa propre enquête.

À mesure que les clients arrivaient, commandant leurs lattes habituels et leurs pâtisseries matinales, ils ne pouvaient s'empêcher de jeter des regards curieux vers la bijouterie de M. Dubois, de l'autre côté de la rue. La boutique, d'habitude si lumineuse et accueillante, était close, avec des policiers en uniforme qui entraient et sortaient, apportant avec eux des fragments d'indices et de conjectures.

Parmi les chuchotements et les suppositions, Alex tendait l'oreille. Il avait cette capacité à filtrer le bruit, à saisir les bribes de conversations qui comptaient. Et alors qu'il écoutait, il distribuait des sourires et des mots réconfortants comme des antidotes au venin de l'incertitude qui s'infiltrait dans le quotidien des habitants.

"Tu as entendu parler de quelqu'un d'étranger en ville ces derniers temps, Alex ?" demanda un jour un habitué, un vieux monsieur du nom de Harold, alors qu'il trempait son croissant dans son café au lait.

Alex secoua la tête. "Non, Harold. Les visages inconnus sont rares ici. Et tu sais comment on les repère facilement."

Harold hocha la tête, marmonnant dans sa moustache que, de toute façon, personne ne pouvait faire un pas dans Maple Cove sans que cela se sache. Alex sourit, mais son esprit travaillait. Il savait que dans une communauté où tout le monde se connaissait, un inconnu serait aussi visible qu'une tache de café sur une nappe blanche.

Ce fut alors que Sarah, la postière au perpétuel sourire, entra en trombe, les joues rouges par l'effort d'une course matinale. "Alex, ils ont dit à la radio qu'il y avait des empreintes. Des empreintes que personne ne reconnaît !" s'exclama-t-elle, le souffle court.

"Tout le monde parle de ça," renchérit Betty, qui tenait la boutique de fleurs. "On dit que le cambrioleur a laissé derrière lui une montre."

Une montre. Alex accrocha ce détail dans son esprit comme une note sur un tableau de liège. C'était le genre d'indice qui pouvait soit être une erreur coûteuse, soit un faux indice délibéré.

La journée s'écoula, chaque heure apportant son lot de ragots et d'hypothèses. Mais pour Alex, c'était plus qu'une simple affaire de curiosité villageoise. C'était une énigme personnelle. M. Dubois n'était pas seulement un commerçant de Maple Cove, c'était un ami, un membre de cette grande famille qu'était la ville.

Fermant le café un peu plus tôt, avec une excuse murmurée à ses clients réguliers, Alex prit sa décision. Il allait rendre visite à M. Dubois. Peut-être que le bijoutier avait remarqué quelque chose d'inhabituel ces derniers temps, peut-être un détail qui n'avait pas semblé important jusqu'à maintenant.

Le crépuscule teintait le ciel de couleurs pastel lorsque Alex frappa à la porte de M. Dubois. Le bijoutier lui ouvrit, un peu plus pâle que d'habitude, mais son accueil était aussi chaleureux qu'un foyer en hiver.

"Alex, quel plaisir de te voir," M. Dubois s'exclama avec un faible sourire. "Viens entrer, il commence à faire frais dehors."

Alex franchit le seuil et se retrouva dans un salon où chaque meuble semblait raconter une histoire d'artisanat délicat, semblable aux joyaux qui faisaient la renommée de M. Dubois. Ils s'assirent, et le bijoutier servit deux tasses de thé qui diffusaient une vapeur parfumée dans l'air déjà chargé d'encens.

"Je suppose que tu es ici pour parler du cambriolage," M. Dubois dit en levant les yeux de sa tasse pour fixer Alex.

"Oui," répondit Alex, "mais pas seulement. Je suis aussi là en tant qu'ami. Comment vous sentez-vous vraiment, M. Dubois?"

Le bijoutier soupira et son regard s'assombrit un instant. "Je suis secoué, Alex. Ce n'est pas tant la valeur de ce qui a été volé, mais le sentiment de violation... Quelqu'un est entré dans mon monde et l'a saccagé."

Alex acquiesça, comprenant ce sentiment de perte intangible qui dépassait la simple perte matérielle. "Et il n'y a vraiment rien de spécial que vous avez remarqué ces derniers temps? Aucun comportement étrange ou visite inhabituelle à la boutique?"

M. Dubois prit un moment pour réfléchir. "Eh bien, maintenant que tu le mentionnes, il y avait cet homme..."

Alex se pencha en avant, capturant chaque mot comme s'il s'agissait de la dernière pièce d'un puzzle.

"...Un homme qui est venu à la boutique il y a quelques semaines. Il s'est montré intéressé par une collection de montres vintage, mais il posait des questions étranges, pas vraiment sur les montres elles-mêmes, plutôt sur les systèmes de sécurité, les horaires d'ouverture et de fermeture... Je l'ai pris pour un passionné un peu trop zélé."

"Vous souvenez-vous de son apparence ?" demanda Alex, l'esprit en ébullition.

"Plutôt grand, cheveux foncés, et il avait une cicatrice ici," M. Dubois toucha son propre cou pour indiquer, "comme une marque ancienne."

Alex nota mentalement ces détails. Une cicatrice était un signe distinctif particulièrement utile.

"Et cette histoire de montre laissée sur les lieux..." Alex laissa sa phrase en suspens, un air inquisiteur sur le visage.

M. Dubois hocha la tête. "Une erreur, ou peut-être une fanfaronnade ? Je ne saurais dire. Mais cette montre ne vient pas de ma boutique, ça je peux l'affirmer."

Alex remercia M. Dubois pour son hospitalité et ses informations et promit de rester en contact. En partant, il savait que la clé de ce mystère était quelque part dans les détails. La cicatrice, la montre, l'homme aux questions insolites... chaque élément était un fil d'une toile plus grande.

Alors que les lumières des maisons de Maple Cove s'allumaient une à une, Alex marcha lentement vers chez lui, perdu dans ses pensées. Il réalisait qu'il devrait peut-être partager ces informations avec le shérif Miller, mais quelque chose dans son instinct lui disait de tenir ses cartes serrées contre sa poitrine pour l'instant.

Maple Cove, avec ses secrets et ses ombres, n'avait jamais semblé aussi mystérieuse. Mais Alex Hart, le barista qui pouvait détecter un mensonge à des kilomètres, était bien décidé à faire toute la lumière sur cette affaire. Après tout, dans le jeu complexe du mensonge et de la vérité, un bon café n'était pas la seule chose qu'Alex savait parfaitement préparer.

## Chapitre 3 : Murmures et Mochas

Le coq de Madame Lefebvre, l'incontestable annonceur de l'aube à Maple Cove, lança son cri matinal, mais Alex Hart était déjà réveillé, les yeux fixés sur le plafond. Il récapitulait les événements de la veille, tissant et retissant les fils d'informations qu'il avait recueillis. Aujourd'hui, il le sentait, serait une journée de révélations.

Avec une tasse de café parfaitement préparé à la main, l'arôme riche et terreux lui procurant une dose de confort, Alex s'assit à la table de sa cuisine. Devant lui, une feuille de papier blanche, un stylo, et les notes qu'il avait prises en parlant à M. Dubois. Il était temps de mettre en forme ses pensées.

La boutique de M. Dubois ne serait probablement pas rouverte de sitôt, et les habitants commenceraient à s'inquiéter encore plus si l'énigme du cambriolage n'était pas résolue rapidement. Alex savait qu'il avait un rôle à jouer. Les gens venaient déjà à lui pour des conseils sur leur vie quotidienne, pourquoi pas pour aider à résoudre ce mystère qui troublait leur tranquillité ?

Il se rendit au "The Steaming Cup" plus tôt que d'habitude. En passant devant la bijouterie, il observa la scène. La police avait terminé les premières enquêtes et la bande jaune de "Police Line - Do Not Cross" semblait être le seul rappel de la tragédie. Il fallait agir.

Une fois dans son sanctuaire de caféine, Alex ouvrit les fenêtres, laissant entrer l'air frais du matin et les premiers murmures des habitants qui commençaient leur journée. Alors qu'il lançait la première mouture de la journée, il réfléchissait à la manière d'aborder le sujet du cambriolage sans éveiller les soupçons sur son implication personnelle dans l'affaire.

Comme le café, les habitués commencèrent à couler dans le "The Steaming Cup". Parmi eux se trouvait le shérif Miller, un homme de grande taille avec une moustache qui semblait toujours un peu trop sérieuse pour son visage.

"Alex, mon garçon," dit le shérif en s'approchant du comptoir, "J'entends dire que tu as été voir Henri Dubois hier soir."

Alex acquiesça, servant au shérif son habituel double expresso. "Oui, je voulais m'assurer qu'il allait bien."

Le shérif prit sa tasse, ses yeux perçants fixés sur Alex. "Et tu n'aurais pas entendu parler de quelque chose d'utile, par hasard ?"

Alex posa le stylo avec lequel il avait été en train de gribouiller des motifs de latte art sur une serviette en papier. "En fait, M. Dubois a mentionné un visiteur qui s'intéressait un peu trop à ses montres et à la sécurité de la boutique."

Le shérif Miller fronça les sourcils. "C'est le genre d'information qui serait utile pour l'enquête, Alex. Pourquoi ne pas venir directement à moi ?"

Alex sentit une pointe de tension, mais il la dissipa avec un sourire. "Je pensais le faire, shérif. Je voulais juste rassembler mes pensées avant. »

Satisfait de la réponse, le shérif prit une gorgée de son expresso, la chaleur du breuvage semblant adoucir son regard. "Très bien, mais à l'avenir, viens me voir en premier. Nous ne voulons pas que tu te retrouves dans une situation délicate."

Alex hocha la tête, son esprit déjà en train de planifier la suite. La journée avança, chaque client apportant un sourire, une conversation et parfois, sans le savoir, un indice supplémentaire. Alex écoutait, analysait et continuait à construire le profil de l'inconnu avec la cicatrice.

Alors que le soleil déclinait et que les ombres s'allongeaient, Alex ferma la boutique et se prépara pour une soirée d'enquête. Il savait que le shérif Miller avait raison sur une chose : il était temps de travailler de concert avec la loi, mais il tenait aussi à garder son avantage de confident de la ville. Le défi était de balancer les deux rôles avec la subtilité d'un latte art complexe.

Alex déverrouilla la porte de sa maison et s'installa à son bureau improvisé, une planche de bois appuyée sur deux tréteaux, où se mêlaient les tasses de café froid et les notes écrites à la hâte. Il repensa à chaque interaction de la journée, cherchant la moindre anomalie dans le comportement des habitants, le moindre commentaire qui pourrait lui fournir un indice supplémentaire.

Il prit une grande inspiration et se lança dans une mind map, dessinant des connexions entre les personnes, les lieux et les événements récents. C'est alors qu'un détail émergea, aussi discret qu'une miette sous une table de café. La veille du cambriolage, lors de la fermeture, il se rappela avoir vu un homme avec un manteau élimé, les cheveux en désordre, qui l'avait observé depuis l'autre côté de la rue. Cet homme avait-il un lien avec l'étranger que M. Dubois avait décrit ?

Soudain, un coup frappé à la porte le sortit de ses réflexions. Qui pourrait venir à une heure pareille ? Il alla ouvrir et se retrouva nez à nez avec Jenna, la postière de la ville, une jeune femme à l'esprit vif qui ne manquait jamais de nouvelles croustillantes.

"Alex, je suis désolée de passer si tard," commença-t-elle, l'air préoccupé, "mais j'ai quelque chose que tu devrais voir."

Elle lui tendit un morceau de papier qu'elle avait trouvé égaré près de la boîte aux lettres de la bijouterie. C'était une liste de chiffres qui ressemblait étrangement à des horaires.

"J'ai pensé que c'était peut-être un horaire de travail, mais j'ai vu le même genre de chiffres dans un film sur les cambrioleurs," expliqua Jenna. "Ils utilisaient ça pour planifier leur coup."

Alex examina la liste. Les chiffres pouvaient correspondre aux heures d'ouverture de la bijouterie, mais il y avait également des annotations qui semblaient indiquer des périodes de moindre affluence.

"Tu as fait du bon travail, Jenna. C'est peut-être un élément clé," lui dit-il avec un sourire approbateur.

Après le départ de Jenna, Alex resta debout, le morceau de papier à la main, songeur. Il ajouta cette nouvelle pièce au puzzle qu'il avait commencé sur son bureau, et une image plus claire commença à se former. Un plan se dessinait, et chaque élément semblait mener à un inconnu méticuleux et bien informé.

Il devait partager cela avec le shérif Miller, mais avant, il avait besoin de plus de contexte. La liste des chiffres était un début, mais il lui fallait un motif, un lien personnel ou financier qui pourrait mener à un suspect.

Alex prit sa veste. Il était temps de faire une petite visite nocturne à la bijouterie. Non pour s'introduire, mais pour observer, pour sentir l'atmosphère du lieu, pour trouver ce qui avait pu attirer un cambrioleur suffisamment audacieux pour troubler la paix de Maple Cove.

Dans la tranquillité de la nuit, avec seulement les étoiles pour témoins, Alex Hart, le barista détective, était sur le point de plonger plus profondément dans les mystères qui se tissaient derrière les façades souriantes de sa petite ville.

## Chapitre 4: Interrogations et Expressos

Maple Cove dormait paisiblement sous une couverture d'étoiles scintillantes, ignorant le tumulte du monde au-delà de ses frontières rassurantes. Seules les fenêtres de "The Steaming Cup" projetaient encore de la lumière, où Alex Hart était plongé dans une mer de documents et de notes.

Sur le comptoir, un latte à moitié consommé avait laissé une empreinte de cercle humide sur un article découpé du "Maple Cove Messenger". À côté, s'étalait la liste de chiffres que Jenna avait apportée, maintenant bordée de post-its colorés et de notes manuscrites. Alex, le front plissé par la concentration, ajoutait à l'instant une flèche reliant le nom de M. Dubois à une série de transactions bancaires suspectes qu'il avait trouvées en ligne.

La sonnette de la porte tinta doucement. C'était le shérif Miller, avec son chapeau légèrement de travers, comme s'il avait été jeté sur sa tête dans la précipitation.

"Je ne t'attendais pas à cette heure, shérif," dit Alex en cachant à la hâte sa mind map sous un journal.

Miller s'assit, ses bottes lourdes laissant des empreintes sur le sol fraîchement lavé. "J'ai vu de la lumière. Et puis, je sais que tu ne dors pas tant que tu n'as pas résolu une énigme. Alors, qu'est-ce que tu as pour moi?"

Alex hésita, se demandant s'il devait partager ses découvertes. Mais la confiance qu'il avait en Miller prit le dessus. Il étala la liste de chiffres devant le shérif.

"Regarde ça. Jenna a trouvé ces chiffres, et je pense qu'ils indiquent les mouvements de M. Dubois avant le cambriolage."

Miller étudia les chiffres, fronçant les sourcils. "Ça pourrait être une coïncidence, tu sais?"

"C'est ce que je croyais aussi, mais j'ai ce pressentiment," répondit Alex. "Et mes pressentiments se trompent rarement."

Le shérif se leva, son regard parcourant la pièce comme s'il essayait d'y déceler d'autres secrets. "Bon, alors, qu'est-ce qu'on fait?"

"Je pense qu'il est temps de parler à M. Dubois, de face à face. Demain matin, à l'ouverture de la bijouterie," proposa Alex, sa voix aussi ferme que lorsqu'il donnait des conseils sur le choix d'un café.

Miller hocha la tête, impressionné malgré lui par la détermination de ce jeune homme. "D'accord. Mais Alex, tu es un civil. Laisse-moi faire mon travail. »

"Je sais, shérif," dit Alex avec un sourire. "Mais depuis quand Maple Cove suit-elle les règles à la lettre?"

Le shérif esquissa un sourire avant de se diriger vers la sortie. "Demain matin alors. Et essaie de dormir un peu, gamin."

Une fois seul, Alex regarda par la fenêtre, où la lueur de l'aube commençait à se mêler aux ombres. Il savait qu'il avait franchi une ligne invisible, celle qui séparait les commérages innocents des affaires sérieuses. Mais il ne pouvait s'empêcher de sentir l'adrénaline monter en lui. Maple Cove n'était plus seulement son lieu de travail, c'était son énigme à résoudre.

Il éteignit les lumières et verrouilla la porte derrière lui. La ville semblait différente à présent, pleine de secrets murmurés et de vérités cachées. Alex se promit de faire la lumière sur l'affaire, pour que Maple Cove puisse se réveiller de nouveau en paix.

Dans la rue déserte, ses pas résonnaient avec une assurance nouvelle. Le barista détective ne laisserait pas ce mystère non résolu. Le chapitre du cambriolage était loin d'être clos, et il sentait que le prochain acte allait bientôt commencer.

## Chapitre 5: Pistes Aromatiques

Le soleil levant teintait les façades colorées de Maple Cove d'une douce lueur dorée. Les rues, encore silencieuses, semblaient retenir leur souffle, comme si elles anticipaient les révélations du jour. Alex Hart, les mains enfoncées dans les poches de son tablier désormais échangé contre un blouson léger, attendait devant la bijouterie de M. Dubois, observant les feuilles rouges et or jouer avec le vent d'automne.

Le shérif Miller arriva, son pas lourd brisant la quiétude matinale. Sans un mot, ils échangèrent un regard complice et se postèrent de part et d'autre de l'entrée principale.

La grille de la bijouterie monta avec un grincement métallique, et M. Dubois apparut, ses lunettes de lecture perchées au bout de son nez. Son regard s'aiguisa à la vue de ses visiteurs matinaux.

"Alex, Shérif Miller, à quoi dois-je l'honneur si tôt ?" demanda-t-il, sa voix aussi lisse que les vitrines de son établissement.

"Nous avons quelques questions à vous poser concernant le cambriolage, M. Dubois," déclara Miller, sans détour.

Alex observa attentivement la réaction du bijoutier. Un léger tremblement des mains, le regard fuyant. Dubois était clairement mal à l'aise.

"Je vous ai déjà tout dit," répliqua le bijoutier, mais son ton trahissait une nervosité palpable.

"Nous sommes au courant des transactions financières que vous avez effectuées avant le cambriolage," intervint Alex, sa voix calme mais ferme.

Le visage de M. Dubois pâlit. "Écoutez, ce sont des affaires privées..."

"Qui coïncident étrangement avec le moment du vol," coupa le shérif. "On dirait que vous aviez besoin d'argent, rapidement."

Dubois leva les mains, comme pour se défendre d'accusations non formulées. "J'étais... je suis dans une mauvaise passe, c'est vrai. Mais je n'aurais jamais volé mes propres bijoux!"

Alex s'avança, scrutant les yeux du bijoutier. "Peut-être que vous ne l'avez pas fait vous-même. Mais quelqu'un d'autre pourrait l'avoir fait pour vous."

Le bijoutier s'effondra sur un tabouret à l'entrée de sa boutique, le poids de l'accusation le pliant en deux. "C'est... c'était mon fils," avoua-t-il enfin, une larme se frayant un chemin le long de sa joue ridée.

"Votre fils?" répéta Miller, son carnet en main.

"Oui," murmura Dubois, "il... il a des problèmes d'argent. Des dettes de jeu. Il savait que j'étais assuré, que je pourrais récupérer une partie de l'argent. Il pensait m'aider..."

Le shérif soupira, rangeant son carnet. "Vous savez que vous allez devoir venir avec moi, M. Dubois. Pour une déclaration officielle."

Dubois hocha la tête, défait. "Je sais. Je n'aurais jamais dû laisser les choses aller si loin."

Alex regardait la scène, la tristesse l'emportant sur la satisfaction de la découverte. Maple Cove, sous ses airs pittoresques, n'était pas à l'abri des tragédies familiales et des choix désespérés.

Alors que M. Dubois fermait sa boutique sous l'escorte du shérif, Alex savait que cette affaire laisserait une cicatrice dans le tissu serré de la communauté. Il lui faudrait plus qu'un latte artistiquement décoré pour guérir les blessures de ce jour.

En retournant vers "The Steaming Cup", il se promit de garder l'œil ouvert, non seulement pour les mystères à résoudre, mais aussi pour les cœurs à réconforter. Après tout, chaque secret dévoilé était une chance d'apporter un peu plus de lumière dans les ruelles ombragées de Maple Cove

## Chapitre 6: Soupçons en Infusion

Le bruit de la nouvelle s'était répandu dans Maple Cove avec la rapidité d'une traînée de poudre, engendrant un mélange de commérages et de chuchotements compatissants. Au "The Steaming Cup", les conversations bourdonnaient autour de l'implication de la famille Dubois dans le cambriolage, tandis que les tasses cliquetaient en une symphonie de routine et de réconfort.

Alex était de retour derrière son comptoir, servant des expressos et des sourires avec une efficacité douce-amère. Il écoutait, hochait la tête, mais son esprit était ailleurs, naviguant entre la satisfaction de la résolution du mystère et la tristesse d'une vérité moins romantique que les légendes urbaines.

"Tu penses à quoi, Alex?" demanda Maggie, une cliente régulière et l'éditrice du journal local, en attrapant son cappuccino.

"À la fragilité des choses, je suppose," répondit-il, en fixant le tourbillon de la vapeur s'échappant de la machine à expresso.

"Et à combien nos petites actions peuvent avoir de grandes répercussions," ajouta-t-elle, lisant entre les lignes avec la précision d'une journaliste chevronnée.

"Exactement," acquiesça Alex. Il prit une grande inspiration et changea de sujet. "Que pensez-vous de faire un article sur les dépendances et les ressources disponibles en ville ? Peut-être que cela pourrait aider quelqu'un d'autre avant qu'il ne soit trop tard."

Maggie sourit, ses yeux brillant d'une étincelle approbatrice. "C'est une excellente idée, Alex. Je m'y mets dès aujourd'hui."

Le reste de la journée se déroula dans une atmosphère mélancolique mais chaleureuse, chaque habitant de Maple Cove semblant chercher à compenser le drame avec une gentillesse accrue. Des mots plus doux, des pourboires plus généreux, des regards plus empathiques. La ville tout entière enveloppait les siens d'une étreinte invisible.

En fin de journée, alors que les derniers rayons du soleil doraient les murs de la boutique, Alex prit un moment pour lui-même. Il se servit un café noir, le seul ornement étant la légère mousse qui flottait à la surface, et s'assit à une table en coin.

Il repensait à tout ce qui s'était passé, se demandant si la tranquillité de Maple Cove serait jamais la même. Peut-être que non, et peut-être était-ce juste ainsi. Les communautés, comme les individus, grandissaient, évoluaient, et apprenaient de leurs épreuves.

Il fut sorti de sa rêverie par la sonnerie de la cloche de la porte. Jenna, la jeune assistante du shérif, entra avec une mine sérieuse.

"Alex, le shérif et moi, on voulait te dire merci. Sans toi, on chercherait encore des réponses. »

Alex esquissa un sourire timide. "Je suis juste content que ce soit résolu."

"Et puis," continua Jenna en baissant la voix, "il se murmure que tu as un sacré flair pour ces choses... Tu pourrais envisager une carrière en parallèle, tu sais?"

"Enquêteur-barista?" Alex émit un petit rire. "Ça sonne plutôt bien."

Le crépuscule s'installait maintenant, enveloppant la ville d'une quiétude restaurée. Alex savait que d'autres mystères viendraient éventuellement ébranler la sérénité de Maple Cove, mais pour l'instant, il se contentait d'apprécier le calme après la tempête.

La porte du café se referma doucement, laissant Alex et ses pensées en paix avec la nuit qui tombait. Maple Cove pouvait dormir tranquille ce soir, avec la conscience un peu plus éclairée et le cœur un peu plus lourd, mais avec l'espoir, toujours, d'un lendemain meilleur.

# Chapitre 7: Confessions et Cappuccinos

La semaine qui suivit l'aveu de M. Dubois fut étrangement paisible à Maple Cove. Les habitants de la ville reprenaient lentement leurs activités quotidiennes, mais avec une nouvelle conscience de la fragilité de leur microcosme. Les rumeurs et les on-dit s'étaient estompés, laissant place à une solidarité renforcée. L'incident avait, d'une certaine manière, rapproché les gens.

"The Steaming Cup" bourdonnait d'un air d'affaires comme d'habitude, mais il y avait une différence notable dans l'atmosphère. Les clients demeuraient plus longtemps après avoir fini leurs boissons, engageant des conversations plus profondes et partageant des histoires personnelles. Alex, avec son écoute attentive et ses conseils bienveillants, était devenu un peu le confesseur laïc de la communauté.

Un matin, alors que le café accueillait l'affluence habituelle des lève-tôt, une figure inconnue franchit le seuil. L'homme, d'un âge certain, portait un costume impeccable bien que démodé et un chapeau feutré qui lui donnait un air sorti d'une autre époque.

Alex, curieux, le salua avec son habituel sourire accueillant. "Bonjour! Qu'est-ce que je peux vous servir?"

L'inconnu ôta son chapeau et le tint contre sa poitrine, dévoilant une chevelure argentée soigneusement coiffée. "Un thé noir, s'il vous plaît. Et... j'ai entendu dire que vous étiez l'homme à voir pour... disons, des affaires délicates?"

Alex inclina légèrement la tête, intrigué. "Oh? Je sers surtout du café et des conseils amicaux, mais je peux toujours écouter."

L'homme s'assit à une table dans un coin discret et Alex lui apporta son thé. Il s'assit en face de lui, l'encourageant à parler.

"Je m'appelle Gerald. Gerald Archibald," commença-t-il, ses yeux clairs scrutant Alex. "Je suis ici en raison d'une affaire personnelle qui pourrait requérir vos... talents particuliers."

Alex haussa un sourcil. "Je ne suis pas détective, M. Archibald."

Gerald esquissa un sourire. "Peut-être pas de titre, mais certainement de talent. L'affaire du cambriolage a fait le tour des villes voisines. Vous avez un don, Alex. Et j'ai besoin de quelqu'un avec votre perspicacité pour retrouver un objet perdu. Très précieux. Pas seulement en valeur, mais en signification."

"Et vous pensez que je pourrais vous aider à le retrouver?" demanda Alex, sa curiosité piquée au vif.

"C'est ma conviction," acquiesça Gerald. "Bien sûr, il y aura une rémunération pour vos services. »

Alex réfléchit un instant, regardant autour de lui. "The Steaming Cup" était plus qu'un travail, c'était une part de son identité. Mais l'appel de l'inconnu et la possibilité d'une nouvelle aventure titillaient son esprit naturellement inquisiteur.

"Parlez-moi de cet objet," dit Alex finalement, décidant que, même sans quitter Maple Cove, il pouvait bien savourer le frisson de l'inattendu.

Gerald posa sa tasse et commença son récit, tandis qu'au-dehors, Maple Cove s'éveillait à un nouveau jour, ignorante des mystères qui se tramaient dans l'ombre de ses rues tranquilles.

Alex, sans le savoir, venait d'ouvrir la porte à une suite d'événements qui allaient une fois de plus mettre à l'épreuve son intelligence, son cœur et l'étroite complicité des habitants de cette petite ville pas si endormie que ça. Le voyage de notre barista-détective ne faisait que commencer.

## Chapitre 8: Révélations à la Vapeur

Gerald Archibald déplia une photographie ancienne, usée sur les bords et jaunie par le temps. Alex se pencha pour mieux voir l'image d'un magnifique pendentif en forme de larme, serti d'une pierre d'un bleu profond presque hypnotique.

"C'était à ma grand-mère," expliqua Gerald, sa voix trahissant une émotion contenue. "Disparu depuis des années, volé, nous avons pensé. Jusqu'à récemment, lorsque j'ai reçu un indice suggérant qu'il pourrait être ici, à Maple Cove."

Alex étudia la photo, son esprit déjà en train de tracer des lignes entre ce mystère et la communauté tissée serré autour de lui. "Un indice, dites-vous ? Ça semble être un bon début. Que savez-vous d'autre ?"

Gerald fit une pause, ses yeux parcourant la salle, absorbant l'atmosphère conviviale du café avant de répondre. "Il y a un marchand d'antiquités dans la ville, un certain M. Voss. Il semble... comment dire... réticent à discuter de certaines de ses acquisitions."

"Les commerçants d'antiquités ont souvent des raisons d'être discrets," répliqua Alex avec une pointe de malice. "Mais je comprends ce que vous voulez dire. Je verrai ce que je peux faire, M. Archibald."

Le reste de la journée passa dans une sorte de brouillard pour Alex. Les clients entraient et sortaient, chacun avec sa propre histoire, mais le fil d'argent de la chaîne du pendentif semblait tisser une toile à travers ses pensées.

Le jour suivant, il ferma le café un peu plus tôt et se dirigea vers la boutique d'antiquités de M. Voss. C'était un endroit qui sentait la cire et le vieux papier, où le temps semblait s'être arrêté quelque part entre l'ère victorienne et les débuts de l'Art déco.

M. Voss, un homme aussi énigmatique que ses marchandises, leva les yeux de son travail de restauration en voyant Alex entrer. Ses lunettes glissèrent sur le bout de son nez alors qu'il scrutait le nouveau venu.

"Alex Hart, le barista qui résout des mystères," dit-il d'une voix chantante. "À quoi dois-je l'honneur ?"

"Je cherche quelque chose d'un peu inhabituel," commença Alex, choisissant ses mots avec soin. "Peut-être que ça a croisé votre chemin. Un pendentif, antique, avec une pierre bleue remarquable."

M. Voss reposa doucement son outil et s'appuya contre le comptoir. "Beaucoup de choses passent par ici, Alex. Certaines plus... intéressantes que d'autres. Pourquoi cet intérêt pour ce pendentif ?"

"Disons que je suis un intermédiaire," répondit Alex. "J'essaie de reconnecter des gens avec des objets qui leur sont chers."

Un sourire en coin se dessina sur les lèvres de M. Voss. "Un noble passe-temps. Je vais voir ce que je peux faire pour vous aider, mais les objets comme celui que vous décrivez... ils ont souvent des histoires compliquées. »

Alex hocha la tête, conscient que l'histoire du pendentif ne faisait que commencer. "J'apprécie votre aide, M. Voss."

En quittant la boutique, Alex sentit le poids du défi à venir. Ce pendentif était plus qu'un bijou perdu; c'était une énigme, une clef vers des secrets anciens qui, une fois dévoilés, pourraient bien changer la toile de Maple Cove d'une manière inattendue.

Et au fond de lui, Alex savait qu'il était prêt à suivre le fil d'argent, où qu'il le mène.

## Chapitre 9: Silhouettes dans le Crépuscule

Alex avait toujours eu un sixième sens pour les énigmes, et la quête du pendentif perdu de Gerald Archibald titillait tous ses instincts. Après avoir quitté la boutique d'antiquités, il erra sans but à travers les rues pavées de Maple Cove, observant les gens qu'il connaissait si bien, se demandant si l'un d'entre eux pourrait détenir la clé du mystère.

Le lendemain, Alex était derrière le comptoir, préparant un macchiato avec une précision artistique, lorsqu'une conversation à la table du coin attira son attention. Deux des plus vieux habitants de Maple Cove, Mme Henderson et M. Peterson, parlaient d'un passé que peu de gens dans la ville pouvaient encore se rappeler.

"Il y avait cette famille, les Whitmore, des gens très riches, avec des bijoux plus impressionnants que leur fortune," chuchotait Mme Henderson, les yeux brillants de la passion des commérages. "Et puis un jour, tout a disparu – la fortune, les bijoux, les Whitmore eux-mêmes."

Alex servit le macchiato à son client et s'approcha des deux anciens, leur offrant des recharges gratuites de leur thé préféré.

"Mme Henderson, M. Peterson, vous parliez des Whitmore ? Ça m'intéresse," dit Alex avec nonchalance.

M. Peterson, un vieillard aux cheveux d'argent et aux yeux perçants, prit la parole. "Ah, les Whitmore. Une triste histoire. Il paraît que la dernière Whitmore a fui la ville avec seulement un sac à dos, laissant derrière elle toute sa richesse."

"Et les bijoux ?" s'enquit Alex.

Mme Henderson se pencha en avant, baissant la voix. "La rumeur disait qu'elle avait emporté le plus précieux de tous, un pendentif – un saphir bleu, si on en croit les histoires. Un héritage de sa mère."

Le cœur d'Alex bondit. C'était peut-être la piste qu'il cherchait. "Vous savez ce qu'elle est devenue ?"

"Nul ne sait," répondit M. Peterson, un soupçon de mélancolie dans sa voix. "Mais si ce pendentif existe vraiment, il pourrait bien être quelque part ici, à Maple Cove."

Requinqué par cette nouvelle information, Alex remercia les deux habitués et s'éclipsa dans l'arrière-boutique pour réfléchir. La disparition des Whitmore semblait trop coïncider avec la légende du pendentif perdu. Il devait y avoir un lien.

Alex décida qu'il était temps de payer une visite à la bibliothèque locale. Mme Simmons, la bibliothécaire, était une mine d'informations sur l'histoire de la ville. Il la trouva dans les archives, une section peu visitée remplie de registres poussiéreux et de vieux journaux.

"Mme Simmons, bonjour," salua Alex. "Je fais quelques recherches sur les familles anciennes de Maple Cove. Les Whitmore, spécifiquement."

Mme Simmons, une femme mince aux lunettes en chaîne, lui sourit. "Les Whitmore ? Oh, je me souviens bien d'eux. Une famille fascinante. J'ai ici quelque part un article sur leur histoire." Elle fouilla dans une pile de documents jusqu'à en sortir un jauni par le temps.

L'article était une coupure de journal datée de plusieurs décennies, relatant la "disparition mystérieuse" de la famille Whitmore. Une photo accompagnait le texte, montrant une jeune femme, la dernière Whitmore connue, un pendentif scintillant à son cou.

"Est-ce que c'est..." commença Alex.

Mme Simmons suivit son regard. "Oui, c'est le fameux saphir des Whitmore. Jamais retrouvé, tout comme la jeune fille."

Alex prit une photo de l'article avec son téléphone. "Merci, Mme Simmons. Vous venez peut-être d'aider à résoudre un très vieux mystère."

En quittant la bibliothèque, Alex savait que les prochaines étapes seraient délicates. Il devait retrouver la trace de la dernière Whitmore sans éveiller les soupçons de la communauté.

## Chapitre 10: Résonances et Ristrettos

Alex avait pris l'habitude de commencer ses journées en se levant aux aurores pour ouvrir "The Steaming Cup". Cela lui donnait le calme nécessaire pour réfléchir aux mystères non résolus, avec seulement le bruit de la machine à expresso pour compagnie. Mais ce matin-là, alors qu'il sortait les pâtisseries et préparait la première infusion de café, l'image du pendentif Whitmore ne cessait de hanter ses pensées.

Il était à peine 8 heures du matin quand le son des cloches de la porte annonça le premier client de la journée, mais ce n'était pas la routine matinale qui attendait Alex. M. Voss se tenait là, les mains dans les poches, un air inhabituellement sérieux peint sur son visage énigmatique.

"Alex, je pense que nous devrions parler," dit-il sans préambule.

Intrigué, Alex l'invita à prendre place à une table à l'écart. Il lui servit une tasse de café avant de s'asseoir en face de lui, l'expression interrogative.

"Je vous ai vu partir de ma boutique l'autre jour avec un air de détective en herbe," commença M. Voss. "Et je sais que vous cherchez des réponses sur le pendentif Whitmore."

Alex hocha la tête, surpris par la franchise de M. Voss. "Oui, c'est vrai. Mais comment..."

M. Voss leva une main pour l'interrompre. "Maple Cove est une petite ville, Alex. Les secrets y sont aussi communs que les feuilles en automne, mais tout aussi éphémères quand quelqu'un commence à souffler dessus."

Alex se pencha en avant, son intérêt piqué au vif. "Et vous, M. Voss, soufflez-vous dans mon sens ?"

"Disons que j'ai peut-être quelques... informations qui pourraient vous intéresser. Mais je dois vous avertir, chercher la vérité dans cette ville peut révéler plus que des bijoux perdus."

Sans dire un mot de plus, M. Voss glissa une enveloppe à Alex. "Prenez ça, lisez-le en privé, et ensuite, nous parlerons."

L'enveloppe en main, Alex sentit le poids de la découverte imminente. Après le départ de M. Voss, il attendit la fin de la matinée, quand l'affluence du café ralentissait, pour se retirer dans l'arrière-salle.

Il ouvrit l'enveloppe avec précaution et en sortit une série de lettres fanées, datées d'il y a des années. Elles étaient adressées à un certain Jonathan Whitmore et signées par une Eleanor, dont le nom de famille avait été soigneusement gratté.

Les lettres parlaient d'un amour caché, d'un scandale familial et d'une fuite prévue. La dernière lettre mentionnait un pendentif, "le dernier vestige d'un amour que le monde ne peut tolérer", disait-elle.

Alex était abasourdi. Le pendentif était non seulement un héritage familial mais aussi le symbole d'une histoire d'amour interdite. Il devait y avoir une raison pour laquelle ces lettres avaient été conservées, une raison qui pouvait être la clé de toute l'affaire.

Il rangea les lettres avec soin et décida de rendre visite à Gerald Archibald. Peut-être que ce dernier aurait des informations sur cette Eleanor et sur sa relation avec les Whitmore. Mais alors qu'il s'apprêtait à sortir, la cloche de la porte tinta de nouveau.

C'était l'adjointe au shérif, avec un regard qui disait que Maple Cove était sur le point de révéler des secrets que même Alex n'aurait pas pu anticiper.

## Chapitre 11: Doutes en Décaféiné

Lorsque Rebecca Miles, l'adjointe au shérif, fit claquer la porte du "The Steaming Cup", tout le café semblait se mettre en pause, comme si la mélodie matinale des cuillères et des tasses avait été subitement mise en sourdine. Alex l'observa s'avancer, ses bottes émettant un son autoritaire contre le sol en bois.

"Alex, vous avez une minute ?" demanda-t-elle, son regard scrutateur ne laissant aucune place au refus.

"Pour vous, toujours," répondit Alex avec un demi-sourire, le cœur battant à la pensée que son implication dans l'affaire du cambriolage venait peut-être de monter d'un cran.

"Nous avons un problème," commença Rebecca en sortant une série de photos de son dossier. "Le cambriolage chez Archibald n'était que la partie visible de l'iceberg."

Alex étudia les photos montrant un chaos ordonné - des bijoux éparpillés, un coffre-fort entrouvert, mais pas de traces de violence gratuite. "Qu'est-ce que ça signifie ?" demanda-t-il.

"Regardez ici," dit-elle en pointant du doigt une empreinte laissée sur la poignée du coffre. "On a retrouvé des résidus de poudre dorée – la même que celle utilisée dans certaines techniques de latte art."

Alex sentit son estomac se nouer. "Vous pensez qu'un barista est impliqué ? Ou que c'est une tentative pour m'impliquer moi ?"

"Nous ne négligeons aucune piste," dit-elle, son regard se durcissant. "Et puis, il y a ça." Elle tendit une autre photo à Alex - une lettre à moitié brûlée, trouvée dans le fond du coffre. La calligraphie élégante était clairement visible, et le nom "Eleanor" sautait aux yeux.

"Eleanor ? Comme dans Eleanor Rigby, la femme qui était censée être morte ?" Alex ne put cacher sa surprise.

Rebecca hocha la tête. "Exactement. Et il y a plus. Gerald Archibald a été vu discutant avec une femme correspondant à la description d'Eleanor le jour avant le cambriolage."

"Vous pensez qu'il est impliqué ?" La question s'échappa d'Alex avant qu'il puisse la retenir.

"Nous ne le savons pas encore," répondit-elle. "Mais j'ai besoin de votre aide. Votre talent pour lire les gens pourrait être essentiel pour résoudre cette énigme."

"Je ferai de mon mieux," assura Alex, conscient que le confortable monde de Maple Cove se fissurait autour de lui.

## Chapitre 12: Confidences Brisées

L'après-midi était avancé lorsque Alex poussa la porte de la bijouterie Archibald. Gerald Archibald était seul, penché sur son établi, mais il releva la tête à l'entrée d'Alex.

"Alex Hart... en quoi puis-je vous aider ?" Sa voix était tremblante, ses yeux inquiets.

Alex prit une profonde inspiration. "Il s'agit d'Eleanor Rigby."

Le nom sembla frapper Gerald comme un coup physique. Il se redressa, son visage pâlissant. "Qu'avez-vous découvert ?" demanda-t-il, la peur perçant sa voix.

"Que vous la connaissiez, Gerald. Que peut-être, vous avez encore des liens avec elle."

Gerald s'effondra sur sa chaise, les épaules affaissées. "Eleanor était... elle était tout pour moi, autrefois. Mais je ne peux pas croire qu'elle serait impliquée dans cette histoire sordide."

"Peut-être que vous pourriez m'aider à comprendre ce qui s'est passé," suggéra Alex, s'asseyant en face du vieil homme.

Gerald raconta alors une histoire de jeunesse, d'amour et de choix impossibles. Eleanor était la flamme de sa vie, mais leur relation avait été condamnée par leurs familles, entraînant leur séparation douloureuse.

"Le pendentif," dit Gerald, les larmes aux yeux, "était un symbole de notre amour. Je l'ai gardé après notre rupture, en souvenir de ce qu'aurait pu être notre vie."

Alex l'écoutait attentivement, absorbant chaque mot, chaque nuance de regret dans la voix de l'homme. "Et vous pensez qu'elle est revenue pour ça ? Pour le pendentif ?"

Gerald secoua la tête. "Non, elle l'aurait demandé. Nous nous sommes parlés, il y a quelques semaines. Elle voulait... elle voulait fermer ce chapitre de sa vie, disait-elle. Le vol ne lui ressemble pas. »

"Alors, pourquoi ne pas avoir signalé le pendentif volé ?" interrogea Alex, les sourcils froncés.

"Parce qu'il n'a pas été volé," avoua Gerald en baissant la tête. "Je l'ai caché. J'ai eu peur... Peur que son retour ne fasse remonter le passé à la surface."

Le barista étoile se leva, son esprit bourdonnant de questions et d'hypothèses. "Gerald, quelqu'un cherche à faire porter le chapeau à Eleanor pour le cambriolage. Si elle n'est pas derrière ça, nous devons trouver qui est le véritable coupable."

Gerald acquiesça. "Je vous aiderai comme je le peux. Vous devez parler à M. Voss. Il connaissait Eleanor aussi, et..."

Il fut interrompu par la sonnerie stridente du téléphone. Gerald répondit, son visage devenant de plus en plus pâle à mesure que la conversation continuait. Finalement, il raccrocha et se tourna vers Alex, les yeux écarquillés de stupeur.

"C'était le shérif," dit-il d'une voix blanche. "Ils ont trouvé Eleanor. Elle est morte, Alex. Assassinée."

Le choc de la nouvelle frappa Alex comme une rafale de vent glacial. La pièce semblait tourner autour de lui, et pour la première fois depuis le début de cette affaire, la peur s'insinua dans son cœur.

## Chapitre 13: D'un Crime à l'Autre

La nouvelle de la mort d'Eleanor Rigby se répandit à travers Maple Cove comme un incendie en été. Les habitants, abasourdis, se rassemblaient en petits groupes, chuchotant et échangeant des théories. Dans "The Steaming Cup", l'atmosphère était lourde, chaque entrée de client apportant un mélange de curiosité et de crainte.

Alex servait les cafés machinalement, sa tête était ailleurs. Le meurtre d'Eleanor transformait une simple affaire de cambriolage en une enquête sur un homicide. Rebecca était venue le voir dès l'aube, lui confiant que la mort d'Eleanor semblait être liée à l'affaire du bijoutier et que son aide était plus que jamais nécessaire.

"C'était une mise en scène macabre," lui avait-elle dit. "Elle était allongée sur le sol, une lettre à la main – une autre lettre ancienne, tout comme celles que vous avez trouvées."

"La lettre disait-elle quelque chose ?" avait demandé Alex, le sentiment d'urgence grimpant d'un cran.

"Elle parlait de révéler la vérité, d'un secret qui ne pouvait plus rester caché," avait répondu Rebecca, le regard sombre. "Et votre nom était mentionné, Alex."

Mentionné ? Le terme avait secoué Alex, mais il avait acquiescé, promettant de continuer à aider autant qu'il le pouvait. La journée passa dans un flou, chaque conversation, chaque geste lui semblant détachés d'une réalité devenue soudainement plus menaçante.

La soirée tomba sur Maple Cove, et avec elle, un silence presque tangible. Alex ferma le café plus tôt que d'habitude, la lune pleine jetant des ombres fantomatiques sur les rues désertées.

Il devait parler à M. Voss. Si Gerald avait raison, si Voss connaissait Eleanor et avait des informations qui pouvaient aider à résoudre cette affaire avant que d'autres secrets n'entraînent d'autres tragédies, il ne pouvait pas attendre.

Alex verrouilla la porte du café, ajusta son manteau et se dirigea vers la demeure de Voss, la lune comme seule compagne dans la nuit qui enveloppait maintenant Maple Cove d'une étreinte sombre et inquiétante.

## Chapitre 14: Vérités Obscures

La résidence de M. Voss se dressait à l'extrémité de la rue principale, un manoir victorien dont les tours semblaient piquer la nuit de leurs pointes aiguisées. Alex frappa à la grande porte en bois, son cœur tambourinant dans sa poitrine. Un silence oppressant répondit à son appel avant que la porte ne s'ouvre finalement sur un M. Voss au regard inquisiteur.

"Alex, quelle surprise," dit Voss, sa voix teintée d'un mélange de surprise et d'inquiétude. "Je présume que cela concerne Eleanor ?"

"Comment savez-vous pour Eleanor ?" demanda Alex, son intuition lui soufflant que Voss détenait plus d'informations qu'il n'en laissait paraître.

Voss l'invita à entrer, le menant à une bibliothèque où le bois ciré et les livres anciens exhalaient une odeur de sagesse et de secrets. "J'ai mes sources, Alex. Asseyez-vous, je suppose que nous avons beaucoup à discuter."

Assis dans le fauteuil en cuir, Alex observait Voss se verser un brandy avec des mains légèrement tremblantes. "Vous connaissiez Eleanor Rigby, n'est-ce pas ?" interrogea-t-il.

"Oui," répondit Voss après une gorgée de brandy. "Nous étions... proches, à une époque. C'était une femme remarquable, avec une force de caractère qui pouvait déplacer des montagnes."

"Et pourtant elle est morte," dit Alex, les mots tombant lourdement dans la pièce.

Voss acquiesça, son visage prenant des teintes de tristesse et de remords. "Sa mort est une tragédie, mais pas une surprise. Elle avait des démons, des secrets qui auraient pu détruire des vies."

"Des secrets ?" Alex se pencha en avant, captant le regard de Voss. "C'est pour cela qu'elle a été tuée ?"

"Possiblement," concéda Voss, se levant pour faire les cent pas devant la cheminée. "Eleanor détenait des informations sur plusieurs résidents influents de Maple Cove, des informations qu'elle a menacé de révéler."

"Et cela inclut Gerald Archibald ?"

Voss s'arrêta, se tournant brusquement vers Alex. "Gerald, oui, mais il n'est pas le seul. Moi-même, je..."

Il fut interrompu par le bruit de verre brisé provenant de l'étage. Voss pâlit, "Restez ici," ordonna-t-il en se précipitant hors de la pièce.

Mais Alex ne put ignorer le sentiment d'urgence qui l'envahissait. Il suivit Voss dans l'escalier sombre, chaque marche grinçant sous leur poids. Lorsqu'ils atteignirent l'étage, la lumière de la lune révélait un spectacle étrange : une fenêtre ouverte, des rideaux qui dansaient comme des spectres et des éclats de verre qui parsemaient le tapis.

"Un cambrioleur ?" suggéra Alex, scrutant l'obscurité au-delà de la fenêtre.

"Ou un message," murmura Voss, regardant par-dessus son épaule avec une expression troublée. "Nous ne sommes pas seuls dans cette affaire, Alex. Quelqu'un d'autre tire les ficelles."

Les mots de Voss suspendirent le temps. Alex sentait l'histoire s'entrelacer autour de lui, chaque révélation ajoutant du poids à son rôle involontaire dans cette trame complexe.

"Il faut que je trouve qui," dit Alex avec résolution. "Avant que d'autres ne soient blessés."

Voss hocha la tête, l'ombre d'un accord silencieux passant entre eux. "Je vais vous dire tout ce que je sais," commença-t-il, mais il fut interrompu par le son criant d'une sirène au loin.

Le téléphone de Voss sonna soudain, déchirant l'atmosphère tendue. Il décrocha, écouta pendant quelques secondes, puis son regard rencontra celui d'Alex, un mélange de choc et d'urgence peint sur son visage.

"Il y a eu un autre incident," dit Voss, reposant lentement le téléphone. "Chez Gerald Archibald."

Alex sentit son pouls s'accélérer. "Quel genre d'incident ?"

"Il a été attaqué, chez lui. Il est vivant, mais il semble que l'agresseur cherchait quelque chose... ou quelqu'un."

Sans attendre une seconde de plus, Alex se précipita hors de la demeure de Voss, ses pensées tournant en boucle autour de Gerald, du pendentif, des lettres, et de ce réseau de mensonges et de vérités à demi cachées qui enveloppait la ville. Il avait besoin de réponses, et chaque seconde perdue était un risque que quelqu'un d'autre soit pris dans le filet tendu par un ennemi encore inconnu.

## Chapitre 15: Les Liens Se Resserrent

L'air de la nuit était piquant alors qu'Alex se dirigeait vers la demeure des Archibald. Les lumières clignotantes des véhicules de police perforaient l'obscurité, et une bande de ruban jaune marquait déjà la frontière entre la normalité et la scène du crime.

Le shérif, une silhouette imposante même dans le chaos, se tenait à l'entrée. Ses yeux trouvèrent Alex dans l'obscurité. "Je me demandais quand vous alliez arriver," dit-il d'un ton qui ne trahissait ni surprise, ni soulagement.

"Comment va Gerald ?" demanda Alex, en s'approchant.

"Il est secoué mais sain et sauf. L'agresseur est entré et a fouillé la maison. Il semble que c'était vous qu'il cherchait, Alex."

"Moi ? Mais pourquoi ?"

"C'est ce que nous devons découvrir. Vous êtes mêlé à tout cela plus que nous ne le pensions au départ. Vous avez des ennemis que vous ignorez ?"

Alex secoua la tête, ses pensées enchevêtrées comme les branches d'un vieux chêne. "Rien qui puisse conduire à ça."

"Alors restez sur vos gardes," avertit le shérif. "Et si vous découvrez quelque chose, n'importe quoi, vous venez me voir. Compris ?"

Alex acquiesça, sachant pertinemment que le temps de la prudence était révolu. Quelqu'un l'avait mis dans son viseur, et il devait découvrir pourquoi.

Il passa sous le ruban jaune et entra dans la maison. Gerald était assis sur un canapé, une couverture autour des épaules, une tasse de thé tremblante entre les mains. Ses yeux se levèrent vers Alex.

"Ils m'ont dit que c'était toi qu'ils voulaient," murmura-t-il.

"Qui ? Qui a dit ça ?" demanda Alex, s'asseyant à côté de lui.

"Je... Je ne les ai pas vraiment vus. Ils étaient masqués. Mais ils ont dit... 'Dites à l'étoile filante que son temps est compté.'"

L'étoile filante. Le surnom que le père d'Alex lui avait donné lorsqu'il était enfant. Un surnom que très peu de gens connaissaient.

"Je dois découvrir ce qui relie tout ça : le pendentif, les lettres, Eleanor, et maintenant ça," dit Alex avec détermination.

Gerald hocha la tête, et ses yeux se fixèrent sur quelque chose derrière Alex. Suivant son regard, Alex vit une enveloppe sur le manteau de la cheminée. Il se leva pour la prendre, son nom écrit sur le devant avec une écriture élégante.

L'ouvrant avec précaution, Alex trouva une lettre et une clé à l'intérieur. La lettre était courte :

"Suivez la piste de l'étoile filante jusqu'au cœur brisé. La réponse que vous cherchez est là."

Alex serrait la clé dans sa main, un symbole tangible d'un mystère qui l'avait enveloppé, un mystère qu'il devait résoudre. Avec un dernier regard déterminé à Gerald, il prit une profonde inspiration et sortit dans la nuit, prêt à suivre le chemin que la clé lui ouvrirait.

## Chapitre 16: La Traque de l'Étoile

Alex avait toujours été sensible aux signes du destin, à ces petits coups du hasard qui, dans l'ambiance brumeuse de Maple Cove, semblaient toujours conduire quelque part. La clé dans sa poche était lourde de potentiel, le genre de poids qui vous ancre au présent tout en tirant vos pensées vers l'avenir.

Il avait marché sans destination précise, ses pieds le menant instinctivement vers les quais. La mer était calme, les vagues clapotant doucement contre les piliers du vieux ponton, comme pour apaiser les tourments qui agitaient son esprit.

L'éclat de l'étoile filante... Où cette piste allait-elle le mener ? Et le cœur brisé, était-ce un lieu, une métaphore, ou peut-être les deux ? Alex sortit la clé, laissant la lueur blafarde des lampadaires jouer sur le métal. C'était une vieille clé, ornée, comme celles qui ouvraient les portes des maisons victoriennes.

Il se figea. Les maisons victoriennes. M. Voss. Sa demeure était l'une des plus anciennes de la ville, un vestige d'une époque révolue. Et si le "cœur brisé" faisait référence à Voss lui-même, un homme hanté par le spectre d'Eleanor Rigby ?

Sans hésiter davantage, Alex fit demi-tour et se dirigea vers la maison de M. Voss. La nuit avait approfondi ses ténèbres, enveloppant les rues de Maple Cove d'une étoffe presque palpable. Quand il arriva, la demeure semblait endormie, les fenêtres comme des paupières closes sur des rêves inquiétants.

Il approcha de la porte de derrière, celle que Voss utilisait pour ses entrées discrètes. La serrure était un appel muet à la clé qu'il portait. Il l'introduisit, tournant doucement. Le clic qui s'ensuivit résonna comme un verrou qui se retire dans son propre cœur.

À l'intérieur, l'air était chargé de silence. Alex se faufila à travers les ombres, la clarté de son objectif le guidant. Il traversa le couloir, passa la bibliothèque, et s'arrêta devant une porte qu'il n'avait jamais remarquée auparavant. Là, une autre serrure attendait.

La clé trouva sa place comme si elle n'avait jamais quitté ce nid de métal. La porte s'ouvrit sur une petite pièce, une sorte de sanctuaire privé où le temps semblait suspendu. Des photos recouvraient les murs, des visages de Maple Cove à diverses époques, et au centre, un portrait d'Eleanor Rigby, jeune et radieuse, un pendentif orné d'une étoile filante autour du cou.

Le souffle court, Alex s'approcha du portrait. Il le souleva doucement, révélant un coffre-fort derrière. La combinaison, il la devina instinctivement : la date de naissance d'Eleanor, telle que Voss l'avait murmurée cette nuit-là dans la bibliothèque.

Le coffre s'ouvrit avec un déclic satisfaisant, dévoilant des lettres, des documents, et, posé là comme la pièce manquante d'un puzzle, le pendentif d'Eleanor. Alex prit le pendentif en main, sentant le poids des réponses qu'il cherchait y être attachées.

Il feuilleta rapidement les documents. Des preuves de transactions douteuses, des lettres de chantage, des photographies compromettantes. Tout un réseau de corruption et de secrets que Maple Cove avait gardés sous son charmant vernis de ville paisible.

Alex réalisa alors qu'il ne tenait pas seulement un simple pendentif, mais la clé qui allait révéler la nature cachée de la ville à la lumière du jour. Il comprenait maintenant le lien entre les événements : la mort d'Eleanor, le cambriolage, l'attaque contre Gerald, et cette traque nocturne. Tout menait à un point de convergence, à la vérité qui se cachait derrière le masquede l'innocence de Maple Cove.

## Chapitre 17: La Vérité Éclate

Alex resta immobile un moment, le pendentif à la main, absorbant l'impact de ses découvertes. Le temps semblait avoir cessé de filer dans cette pièce où le passé s'entrechoquait avec le présent. Il rangea les documents et le pendentif dans sa veste, sachant que chaque seconde comptait désormais. Il devait agir avant que l'aube ne révèle ses actes nocturnes.

Avec une détermination renouvelée, il sortit de la cachette secrète, remettant le portrait d'Eleanor à sa place. Son regard se posa une dernière fois sur son visage souriant, se demandant quelle aurait été sa vie sans les fils noirs tissés par le destin.

La maison était toujours silencieuse lorsqu'il sortit, mais Alex savait que ce silence précédait la tempête qui allait bientôt éclater. Il se dirigea directement vers le poste de police, le seul endroit où la vérité pouvait être mise en lumière sans risquer de se perdre dans le murmure de la ville.

Il arriva au poste alors que les premières lueurs de l'aube teintaient le ciel d'indigo et d'or. Le shérif Dawson, debout devant sa porte, le regarda s'approcher, une expression d'interrogation sur son visage fatigué.

"Alex, qu'est-ce que..."

Alex l'interrompit d'un geste de la main. "Il faut que vous voyiez ça, maintenant." Il sortit le pendentif et les documents, les présentant comme preuve d'une histoire qui demandait à être racontée.

Le shérif les prit, son regard se durcissant à mesure qu'il prenait la mesure de ce qu'ils révélaient. "C'est lourd, Alex. Ça implique..."

"Je sais," coupa Alex. "Ça implique des gens en haut lieu. Ça explique le cambriolage, les attaques... tout."

Le shérif acquiesça, la détermination remplaçant la surprise sur son visage. "Nous devons agir vite. Nous ne pouvons pas laisser ça se propager."

"Je pensais que vous diriez cela," dit Alex, un sourire amer jouant sur ses lèvres. "Je crois que c'est le moment de réveiller Maple Cove."

Le shérif hocha la tête. "Vous avez fait votre part, Alex. Laissez la loi faire la sienne maintenant."

Alors que le shérif s'activait pour mobiliser ses forces, Alex se tenait là, regardant le jour se lever sur Maple Cove. La ville qui l'avait vu grandir était à l'aube d'une révélation qui allait ébranler ses fondations.

## Chapitre 18: La Résolution du Réveil

Les heures qui suivirent furent un tourbillon. La police, armée des preuves fournies par Alex, déferla sur les points névralgiques de la corruption qui s'était enracinée dans la ville. Des arrestations eurent lieu, des figures respectées étant menottées sous le regard choqué des habitants qui avaient commencé à se rassembler dans les rues.

Alex regardait depuis le café, ayant repris son poste derrière la machine à expresso. Les clients entraient, les visages marqués par l'incompréhension et la peur. "Qu'est-ce qui se passe, Alex ?" demandaient-ils, cherchant dans ses yeux une assurance que tout irait bien.

Il leur servait du café, offrant des sourires réconfortants là où il le pouvait, mais ses pensées étaient ailleurs, tournées vers le shérif Dawson et son équipe qui travaillaient à démêler le tissu des mensonges tissé autour de Maple Cove.

Lorsque le shérif entra dans le café, en fin de journée, le silence se fit. Tous les yeux étaient rivés sur lui alors qu'il s'approchait du comptoir. "C'est fini, Alex," dit-il simplement. "Grâce à vous."

La tension dans l'air se dissipa lentement, comme si ses paroles étaient un baume sur les plaies ouvertes de la ville. Alex acquiesça, sachant que Maple Cove ne serait plus jamais la même après cette journée.

## Chapitre 19: Nouveaux Horizons

Les jours qui suivirent furent pour Maple Cove comme le réveil après une longue et troublée nuit. Les arrestations avaient été le coup d'éclat nécessaire pour déterrer les racines pourries qui s'étaient insinuées dans la terre de la ville. Les habitants marchaient avec une prudence renouvelée, comme s'ils foulait un sol nouvellement sacré, conscient que la justice avait été servie, mais à quel prix?

Le "The Steaming Cup" était plus occupé que jamais. Les gens venaient chercher réconfort dans les parfums de café frais et les pâtisseries de Madge, mais aussi pour sentir la présence rassurante d'Alex. Il était devenu bien plus qu'un barista ; il était le témoin vigilant de leur communauté.

Madge passa un tablier propre autour du cou d'Alex et lui donna une tape amicale sur l'épaule. "Tu as fait du bon travail, gamin. Je ne sais pas comment tu l'as fait, mais..."

Alex sourit, attrapant un pichet pour mousser du lait. "Juste un peu de latte art et d'écoute attentive," dit-il modestement.

Leur conversation fut interrompue par l'arrivée de M. Voss. L'homme avait vieilli en une semaine plus qu'en dix ans. Ses yeux, autrefois pleins d'une tristesse inexpliquée, avaient maintenant trouvé leur repos dans l'acceptation de son rôle dans la chute de la ville.

"Alex," commença-t-il, "j'ai beaucoup à réparer. Je voudrais..."

Mais Alex leva la main pour l'arrêter. "Ce n'est pas moi que vous devez convaincre, M. Voss. C'est Maple Cove. Et je pense qu'ils sont prêts à écouter."

M. Voss acquiesça, sa silhouette se redressant légèrement, comme si les mots d'Alex avaient allégé son fardeau.

Dans les semaines qui suivirent, Maple Cove se transforma. Le scandale avait attiré l'attention médiatique, ce qui avait apporté une vague inattendue de touristes, curieux de voir la ville qui avait déraciné sa propre corruption. Et avec eux, des opportunités nouvelles fleurirent, des affaires, des amitiés, des histoires.

Le shérif Dawson organisait des réunions communautaires régulières pour reconstruire la confiance, et Alex était souvent à ses côtés, la voix de la raison et de l'empathie. Il y avait des jours difficiles, des souvenirs douloureux, mais il y avait aussi l'espoir que demain pourrait être plus lumineux que le jour passé.

## Chapitre 20: Un Latte pour l'Avenir

Un an avait passé depuis l'aube de la vérité à Maple Cove. La ville avait été transformée, non pas en un lieu sans défauts, mais en un endroit où ces défauts étaient confrontés avec courage et unité.

"The Steaming Cup" avait été rénové, avec une petite scène pour les soirées de poésie et les groupes de musique locaux. Madge avait pris sa retraite, confiant les rênes à Alex, qui était désormais le propriétaire bien-aimé du café.

Ce matin-là, Alex se tenait derrière le comptoir, observant par la fenêtre le festival annuel de Maple Cove, né de l'esprit de renouveau qui avait suivi les événements tumultueux. Les rires des enfants, la musique, les stands de nourriture et d'artisanat, c'était le nouveau visage de la ville.

Il prépara un latte, la vapeur de la machine à espresso se mêlant à la mélodie des conversations autour de lui. L'art sur le dessus était une étoile filante, un hommage à Eleanor et au parcours que Maple Cove avait traversé.

Alors qu'il servait le latte à un nouveau client, un voyageur de passage attiré par l'histoire de la ville, il offrit un sourire accueillant.

"Vous savez," dit le client, admirant le latte art, "je crois que c'est la plus jolie étoile filante que j'ai jamais vue."

Alex haussa les épaules avec humilité. "Juste un petit rappel que même après la tombée de la nuit, il y a toujours de la lumière quelque part," répondit-il. "Maple Cove a eu sa part d'obscurité, mais maintenant, nous cherchons tous à faire briller notre lumière, peu importe à quel point elle peut paraître petite."

Le client hocha la tête, impressionné par la sagesse que véhiculait cette simple tasse de café. "Eh bien, je suis sûr que cette ville a beaucoup de chance de vous avoir."

Alex sourit, alors qu'un groupe d'adolescents entrait, leurs rires éclatant dans l'air comme des feux d'artifice. "Nous avons tous de la chance les uns avec les autres. C'est ça, la vraie communauté."

La journée s'écoula dans une danse de commandes de café et de conversations chaleureuses. Lorsque la soirée tomba et que le festival atteignit son apogée, Alex sortit et se mêla à la foule. Les gens s'arrêtaient pour lui parler, pour partager une histoire ou simplement pour dire merci. Maple Cove avait guéri et continuait de guérir grâce à la solidarité et à l'amour qui s'étaient enracinés plus profondément que la peur ou la suspicion n'avaient jamais pu le faire.

Alors qu'il regardait les feux d'artifice illuminer le ciel, il sentit une main se glisser dans la sienne. C'était Jenna, celle qui l'avait toujours soutenu, même quand les ombres semblaient trop profondes pour être percées.

"Tu as vu ça ?" demanda-t-elle, pointant vers le ciel où les lumières explosaient en mille couleurs.

"Oui," répondit-il, ses yeux reflétant les étincelles. "C'est comme si chaque lumière était un souvenir, un espoir, un rêve de ce que Maple Cove a été et de ce qu'elle sera."

Jenna serra sa main un peu plus fort. "Et il y a encore tant de rêves à rêver," murmura-t-elle.

Alex acquiesça, sentant le poids de l'année écoulée glisser de ses épaules comme la cendre des feux d'artifice retombant doucement vers la terre.

"Venez," dit-il, "rentrons à la maison."

Ensemble, ils marchèrent à travers les rues de Maple Cove, laissant derrière eux les échos du festival, se dirigeant vers un avenir qu'ils construiraient main dans la main. Et derrière eux, dans le sillage de leur passage, la ville scintillait, un témoignage vivant que même la plus sombre des histoires pouvait trouver son chemin vers une fin lumineuse.

Printed in France by Amazon
Brétigny-sur-Orge, FR

22233399R00025